KV-190-469

TOMI ap GWYN

Gordon Jones

Darluniau gan Peter Stevenson

Gwasg
Gwynedd

Argraffiad cyntaf — Tachwedd 2011

© Testun: Gordon Jones 2011
© Darluniau: Peter Stevenson 2011

ISBN 978 0 86074 275 3

Dylunio: Elgan Griffiths

DERBYNIWYD/ RECEIVED	
CONWY	✓
GWYNEDD	
MÔN	
COD POST/POST CODE	LL5 1AS

Cedwir pob hawl. Ni chaniateir atgynhyrchu unrhyw ran o'r cyhoeddiad hwn
na'i gadw mewn cyfundrefn adferadwy na'i drosglwyddo mewn
unrhyw ddull na thrwy unrhyw gyfrwng electronig, electrostatig,
tâp magnetig, mecanyddol, ffotogopïo, nac fel arall,
heb ganiatâd ymlaen llaw gan y cyhoeddwyr,
Gwasg Gwynedd.

Mae'r cyhoeddwyr yn cydnabod cefnogaeth ariannol
Cyngor Llyfrau Cymru.

*Cyhoeddwyd gan
Wasg Gwynedd, Pwllheli*

I Nan, Ifana ac i Ceri
am gefnogaeth a haelioni;
i fy meibion creadigol,
a phawb a fu i mi'n gefnogol,
yn cynnwys Alwyn, hefyd Elgan,
Slim ac Iona, Jean ac Adrian.

Glywsoch chi'r stori am Tomi ap Gwyn,
y dyn eira bach hynod o ochr y bryn?

Pan welodd y plantos yn cael hwyl a sbri,
galwodd, "Rhoswch yn fan'na, ddo i chwarae 'fo chi!'

Ond wrth glywed rhai'n galw ar 'Dad' neu ar 'Mam',
aeth Tomi i deimlo ei fod yn cael cam.

''Tydi mamis a dadis yn bethau mor handi?
Af i chwilio a chwalu amdanyn nhw fory.'

'Helô, Dadi! Ia wir, helô a sut mae?'
meddai Tomi wrth darw mawr, mawr yn y cae.

'Sut hwyl sydd 'rhen ddyn, a hei howdi dw?'
A'r ateb a gafodd? Wel, dim ond 'Mw mw'!

Aeth yn syth at un arall a gweiddi yn uwch.
'Ond nid fi yw dy fam di,' atebodd y fuwch.

'Wel wel, dacw bobol yr un lliw â fi' –
gan wneud tin-dros-ben a gweiddi 'Iyp-î!'

'A ga i ddod adre am fymryn o de?
Be ddwedsoch chi nawr – "Me me" a "No wê"?'

'Ai Dad sydd yn rhochian fan acw'n y bwthyn?'
'Na, fi sy'n y twlc, siŵr iawn!' medd y mochyn.

'A! Mam sydd yn mewian fan draw yn y deri.'
'Na, cath ydw i,' meddai'r hen Bwsi Meri.

'O, dyma'r trwyn coch fûm i'n chwilio amdano.'
'Nid moronen yw honna, siŵr iawn!' medd y cadno.

'Wel, greadur bach blewog, wyt ti'n perthyn i mi?'
'Nac'dw, ddyn eira!' cyfarthodd y ci.

'Mater anodd ar y naw yw canfod rhieni . . .'
'Mynna air efo'r carw,' awgrymodd y poni.

Wrth droedio drwy'r eira, gwelodd goedwig o gyrn
ar bennau dwy 'ferlen' oedd â golwg reit chwyrn.

'D'yn ni'n perthyn dim taten i ti,' medd y ddwy;
'Mi alwn ni ar Siôn, mae o'n nabod lot mwy.'

Er syndod i Tomi, i'r fei daeth dyn boliog
gan weiddi 'Helô-ô!' yn harti a hwyliog.

'Mi wn i yn iawn am dy fami a dadi;
Cawn fynd efo'n gilydd; tyrd, neidia i'm sach i.

Ond yn gynta mae gen i gryn dipyn o waith
ac fe gei di fy helpu yn ystod fy nhaith.

Dy swydd di fydd gweithio fel postmon presanta . . .'
'O, diolch o galon i ti, yr hen Santa!'

Wrth hedfan dros wledydd a dringo ar doeau,
gweithiodd Tomi yn galed a thrio ei orau.

'Ardderchog yn wir; da iawn, Tomi bach!
Mae'n bryd 'ni fynd adre,' medd ceidwad y sach.

Meddai wedyn, 'Awê am y gogledd pell oer,'
a rhoi plwc i'r awenau yng ngolau'r lloer.

A'r daith oedd yn debyg i drip haf i'r traeth –
pawb yn canu caneuon ac yn adrodd jôcs ffraeth.

'Siôn Corn! Dacw Mami a Dadi yn fan'na!'
'Nage, fy machgen, eirth gwyn ydi'r rheina.'

'Lawr fan'na!' medd Tomi, yn syllu yn syn
ar ddau berson eira yn sefyll yn wyn.

Ie wir, pwy oedd yno ond ei fami a'i dadi,
Y ddau wedi dotio ac yn dawnsio'n llawn miri.

'Go dda!' meddai Siôn wrth y teulu o dri;
Gan chwerthin yn hapus, 'Ho Ho!' a 'Hi Hi!'

'Rhyw Ddolig gwyn eto, tyrd yn ôl at 'rhen Santa
i'm helpu 'fo'r gwaith o ddosbarthu presanta.'

A do, fe aeth Tomi 'nôl droeon ar daith
i chwarae'n yr eira ac i helpu 'fo'r gwaith.

A dyna 'chi'r stori am Tomi ap Gwyn,
Y dyn eira bach hynod o ochr y bryn.